好脾气的天气和坏脾气的天气

〔德〕布丽塔·泰肯特鲁普 著绘
任玲玲 译 肖复兴 改编

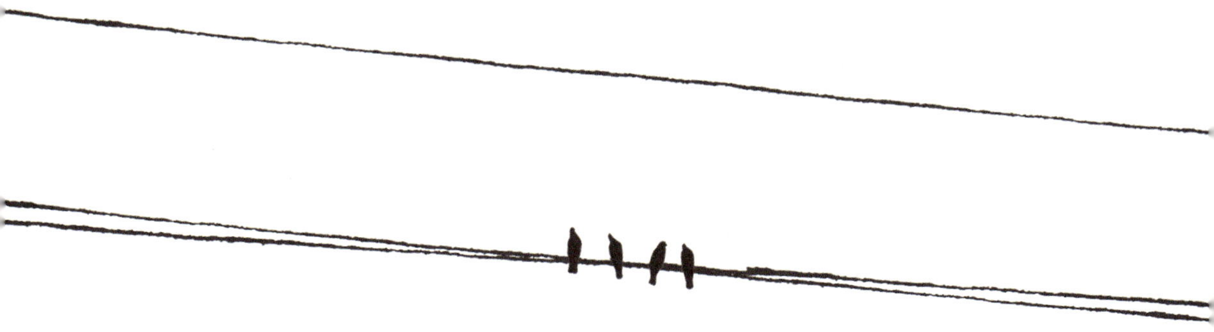

北京科学技术出版社
100层童书馆

一本如诗如画的天气书

我读了《好脾气的天气和坏脾气的天气》这本书，感到非常有意思。它是一本讲述自然科学中气象知识的书。这样的书，一般会做成科普类的或小百科词典类的，书中再配以自然真实的照片，以做到图文并茂。我们会把这样的书，归类为知识类书籍。《好脾气的天气和坏脾气的天气》有所不同，作者有意识地将科普知识与文学书写结合在一起，让在孩子眼中陌生甚至有些枯燥的科普知识，变得如诗如画，让孩子更爱读，更容易接受。

在我的想象中，这本书的作者布丽塔·泰肯特鲁普，应该既是一位科普工作者，又是一位作家。这样“两位一体”的作者，才能胜任完成这样一本书的工作，才可以把本来属于成人世界的繁复的气象知识，删繁就简，深入浅出，化枯燥为生动，呈现在孩子们面前。这需要对科学知识的熟稔和提炼，也需要对孩子认知水平与心理脉络的了解和把握。这是本事，不是所有作者都可以完成的。

在琳琅满目的童书中，多的是故事，是童话，是生活点滴的繁衍蔓延，铺排成章。这些童书注重的是想象与虚构，一般不会把科学知识放在重要的位置上，这样的想象与虚构，对于有一定童书写作经验的人都不难。但是，如这本书一样，作者面对的是万千气象方面的知识，写得既要有不能忽略的科学知识点，又要有孩子阅读的兴奋点，这就不那么简单和容易了。

难能可贵的是，《好脾气的天气和坏脾气的天气》做到了，可以说，它不仅有科学知识，又有童书文学叙述的特点。它既属于科普，又属于文学。它是跨界的。

我相信有心的读者一定会喜欢这本书，尤其是读过了千篇一律的同质化的童书之后，一定会在这本书前眼睛一亮。这本书，尤其适合孩子与家长一起进行亲子阅读，对照着大自然的天气变化，一起来一

天气是我们熟悉又不熟悉的朋友

和我们人一样，天气也是有情绪的，天气情绪的变化，直接影响我们人类的情绪。你有这样的体会吗？天气的变化，常常让我们的情绪跟着时而高昂，时而低落。

别小瞧了天气，它决定了我们生活中的很多方面：穿戴、饮食、出行。因此，天气预报在每个新闻频道里都不可或缺，天气网页也是访问频率最高的网页之一。天气对农民、渔民和猎人，尤其重要。天气对他们的生活有着直接的影响。所有的农民都熟知一些预示天气变化的规律，渔民也知道他们什么时候要躲避风暴的袭击，猎人可通过观察动物的行为来判断天气的变化。

地球上每个角落的天气都不一样，如海滩、平原或者山谷、靠近两极或者赤道。天气随着时间在变，每个人对天气的感知也大有不同。有人更喜欢凉爽，有人更喜欢温暖。还有些人和动物甚至渴望恶劣的天气，尽管极端恶劣天气有着破坏一切的威力。有时，我们渴望洗涤一切的暴风雨，因为它让我们忆起夏天雨水的味道，以及暴风雨过后和煦的阳光抚摸着皮肤和清风拂面的感觉。你说有没有意思？天气和人类之间的关系，就是这样亲密，如影相随，打也打不散。

在古老的年代里，人们虔诚地认为，风、阳光、月光都是有神性的，神灵通过电闪雷鸣向世人显现。在西方，天气神灵扮演的是众神的角色。启蒙运动之后，温度计和晴雨表成为广为流行的科学工具。文艺复兴之后，风景画家对天气的观察越来越细致入微，他们借景抒情，通过描绘天气来抒发情感，这些画家的代表是提香、透纳、弗里德里希、莫奈、凡·高和大卫·霍克尼。感谢这些画家为书中的插图所带来的灵感。

请跟随我走进这本书，去认识万千气象中那些有趣的现象。既然天气像人一样，那么我们可以和它们交朋友，一起来认识这些我们熟悉又不熟悉的朋友吧！

布丽塔·泰肯特鲁普

目 录

第一章 阳光普照

第二章 雨润万物

第三章　冰和雪

第四章　恶劣天气

第一章

阳光普照

1. 怎么可以想象天空会没有太阳

不知道你们想过没有，我好奇地想过这样的一个问题：如果天空中没有了太阳，这个世界会变成什么样子？

没有太阳，就会没有植物；没有植物，就会没有动物；没有动物，也就没有我们人类。因为人类就是从动物中的猴子变来的呀。

植物也好，动物也好，人类也好，都因为太阳的温暖和光芒，才有了生命生长的能量。你们还记得老师给我们讲过的关于太阳引力的地理知识吗？地球在公转轨道上围绕着太阳年复一年地转动，汲取了太阳的能量，我们地球上才有了万物生长。

如果没有太阳，还会有好多奇怪的事情发生，你们想过吗？

没有太阳，也就没有千变万化的天气。没有太阳，也就没有日夜之分。这些知识，老师也给我们讲过。地球围绕着自转轴自转，白天，我们面向太阳，夜晚，我们背向太阳。白天是明亮温暖的，夜晚是黑暗阴冷的。这才有了昼夜的更替，要不全是白天的话，我们怎么睡觉呀？

你们知道吗，地球是倾斜着围绕太阳旋转的，这有点儿像儿童乐园里我们玩的旋转飞船。这样的转动，让北半球和南半球交替获得更多的阳光和温暖，让地球有四季之分，让我们能够春天去看花开，夏天去游泳，秋天去看漫山红叶，冬天去滑冰和滑雪。

如果没有太阳，整个地球会变成什么样，真的不可想象。

2. 云彩为什么能变幻多端

在天空中，除了太阳，还有云彩。不知道你们注意过没有，我们站在地面上仰头望云，有时，云层会是厚厚的，甚至乌云翻滚。我们乘飞机在云层上方飞行时，往下看，云是白色的，白得像小孩的屁股一样，像棉絮一样绵绵延延，那样地温柔可爱。

这是为什么呢？

云是由水蒸气汇聚而成的。云吸收大地的光线不同，反射出的太阳光不同，因此云彩的模样和颜色也不同。

云反射的太阳光少，吸收大地的光线少，云层就会是黑暗的；相反，松软的云朵从四面八方吸收光线，反射的太阳光多，它们看起来就是白色的、柔软的。它们的形状也千变万化，让我们能够想象它们一会儿像白色的马群，一会儿像奔涌的浪花，一会儿又像奶奶为我们的棉被里絮上的一层层雪白雪白的棉花。

太阳真的是一位奇妙的魔法大师。太阳能使大地升温，使水蒸发为水蒸气，水蒸气随着热空气上升。热空气吸收很多水蒸气，不断冷却，水蒸气集结成厚厚的云，云彩再也兜不住自己身上积攒的那些越来越多的水珠，水珠从云彩里掉了下来形成降雨。

如果没有太阳的作用，云彩怎么能够如此地变幻多端，最后还能变成雨重新回到我们身边呢？

3. 爱哭的云和不爱哭的云

云彩给我们的感觉，是软软的、轻轻的、白白的，像一群在天空中悠闲散步的孩子。当然，这是说那些不下雨的云。我们的老师不这么说，而是把这些不下雨的云叫积云。

积云是由圆圆的、胖乎乎的云组成的，分为淡积云、浓积云和碎积云。积云都是由小水珠组成，这些水珠的重量不足以形成雨水降落下来。它们很轻盈，飘得很高，在地球上不投射任何阴影。

欧洲北部的阳光有些吝啬，那里常常容易形成柔软的卷积云或者高积云。所以，那里常常天高云淡，很少下雨。

卷积云常在下午出现，它一出现，这一整天和接下来的一天，都不会下雨。卷积云不是下雨的积雨云，只要它在天空这个大舞台上出场，就不会有更大、更厚的云团出现，也不会有雷雨大作的大戏上演。卷积云的作用像一把遮阳伞，它会挡住一部分阳光照射，带来丝丝凉爽。天上有卷积云，天气会十分舒适。

下雨的云，叫卷云，由小冰晶组成。它们往往站在天空很高的地方，那里的空气很潮湿，水蒸气会渐渐地凝结成雨。

卷云的冰晶还没有落到地面上，就被蒸发了，因为在较低的大气层，温度比较高。这样就产生了柔如羽毛的云条，它们也被称作毛卷云。毛卷云的出现，就像神话里深山老林里的小妖出场，不一会儿的工夫，在接近地面的地方会形成厚厚的云层，天空会被这些毛卷云拨弄得灰暗，雨就会从天而降。

我喜欢不下雨的云，它们悠闲自在，轻盈飘逸，特别像一群身穿白衣跳芭蕾的舞蹈家。

我也喜欢下雨的云，它们像是神奇的魔术师，可以将云彩变成雨，滋润着干渴的田野，连接起天上人间。

不过，我自己偷偷地把不下雨的云叫不爱哭的云，把下雨的云叫爱哭的云。

我把爱哭的云比作那些动不动就哭鼻子的小孩，不爱哭的云，当然就是我了！

4. 彩虹和雨是什么亲戚呢

我特别喜欢天空的彩虹。每一次望着彩虹，我总会想，为什么天空中除了太阳、月亮、云彩、星星，还会有彩虹呢？彩虹是天空这个大家族里的什么亲戚呢？为什么彩虹只在雨后才能出现呢？彩虹和雨又会是什么亲戚呢？

现在，我已经知道了彩虹的形成原理，这是因为炽热的阳光照射在空气中的雨滴上，光线被水滴折射和反射回来，阳光被分散成各色光线。阳光照射得越强烈，雨滴越大，分散的程度就越大，彩虹就越鲜艳。

小小的雨滴，多么神奇，它像一面面小小的多棱镜，折射出多彩的光线，这才出现了美丽的彩虹。如果我们通过特定的角度仔细观察，可以看到彩虹是一条由很多雨滴连成的美丽绸缎，这才有了“谁持彩练当空舞”的诗句。

不知道你注意过没有？如果我们移动，彩虹也会跟着我们移动，过去的儿歌总是唱："月亮走，我也走，一走走到家门口。"其实，彩虹走，我也走，也是可以一走走到家门口的。只是走到了家门口，你也还是弄不明白彩虹到底是从哪里发射出来的。

春天或者夏天，天空中还时常有"东边日出西边雨"的天气现象，这种情景也常常让我感到好奇，我觉得这时候的天空像一张奇特的脸，一半哭着流眼泪，一半笑着出了声。

5. 你看得见太阳光的颜色吗

太阳，我们是看得见的，但太阳光是奇特的，一般情况下，我们看不见它，只能感受到它的温度。刺眼的阳光，让我们实实在在地感受到太阳的存在。

我们看得见彩虹，是因为彩虹有绚丽多姿的颜色。彩虹有赤、橙、黄、绿、蓝、靛、紫七种颜色。通过水滴的折射，我们看到了阳光居然有这么多种美丽的颜色。彩虹的颜色，就是太阳光的颜色。

雨过天晴，空气清新，天空湛蓝。空气中的水蒸气和灰尘越少，天空越蓝，越明亮，我们就看不见阳光本来有的绚丽夺目的七种颜色了。这时候，我们看到的只有太阳光彩色光谱中波长较小的蓝色。这是为什么呢？

这是因为，光有直射、折射和散射现象。当光线和大气层中的气体分子相遇时，光线会偏离它们的直行轨道，像被风吹散的花香一样，分散在四面八方，这就是光的散射。因为蓝光的波长小，更容易发生散射，所以，天空中布满蓝光。如果没有散射，阳光的光线只能到达阳光直射的位置，那么，将没有光线能透过我们的窗户。

光的散射像是机关枪扫射一样，威力很大；也像被风吹散的花香，香味四溢，弥漫四周。

月球上没有大气层，也就没必要在月球上建造带有窗户的房子。那里的阳光亮度和温度都是均匀的，阴影处则是阴暗冰冷的。

从月球上看天空，即使是在白天，也比我们的夜空要黑暗很多。这就是地球和月球不一样的地方了。光和光的照射方式，还有大气层，让我们生活的地球如此丰富多彩。

蓝色光线的传播原理同样适用于紫外线。我们肉眼虽看不到紫外线，但可以感受得到。如果我们的肌肤长时间裸露在蔚蓝的天空下，就会被太阳晒伤。光线就像神话森林里神奇的花朵，在这个神奇的森林里，蓝色的花，我们看得见；紫色的花，我们看不见，却身藏暗器，时时能够刺伤我们。

太阳的蓝色光线，遇到外界因素的变化，比如，通过水珠或者灰尘的过滤，就会改变颜色。我仔细观察过，在清晨或傍晚，阳光经过漫长的太空道路到达我们的眼前，天空被染红，这也就是我们常在作文里写过的“朝霞满天”或“晚霞如火”的情景。太阳光的颜色，一下子变成了如此鲜艳的红色，这是为什么呢？就因为有了外界水珠或灰尘的阻挡，就像遇到了阻挡它的士兵，它得换一身红色醒目的盔甲或披风出来，冲破包围，做一番崭新的亮相吗？

你知道吗，因为这时蓝色光线被过滤，红色成了主色。

正是这种原因，不同的时间，天空会呈现不同的颜色。大气层里富含水珠和微尘时，天空是暗蓝的，甚至是灰色的。浓云密布时，整个天空都是黑暗的，这时，我们不得不借助电灯。

凌晨，光线暗淡的时候，天空还是黑色或灰色的，我们还分不清其他的颜色。东方既白，我们先看到了鱼肚白的颜色，然后，晨曦出来了，天空渐渐被染成粉色，世界也变得多彩起来。

傍晚，天空颜色的渐变过程则是相反的。不过，仔细观察，傍晚天空的颜色和清晨天空的颜色是不一样的，因为早晨的空气更冷，也更干燥，这是傍晚天空颜色和早晨的不尽相同的原因之一。傍晚的天空总能在我们的心里引起别样的情愫。尽管落日早已在地平线消失，但四射的余晖让我们以为天还会亮很久。肉眼看不见的太阳还会沉在地平线下仰望天空，再依依不舍地照射一会儿云彩。这时候的天空非常明亮，我们会不由自主地望向天空。不知道你这时候的心情会是怎样的？我会有些激动，在我们四周是一个无穷无尽的宇宙，在如此变幻多端的光线照耀之下，我感到宇宙与我们的地球母亲是这样密不可分。

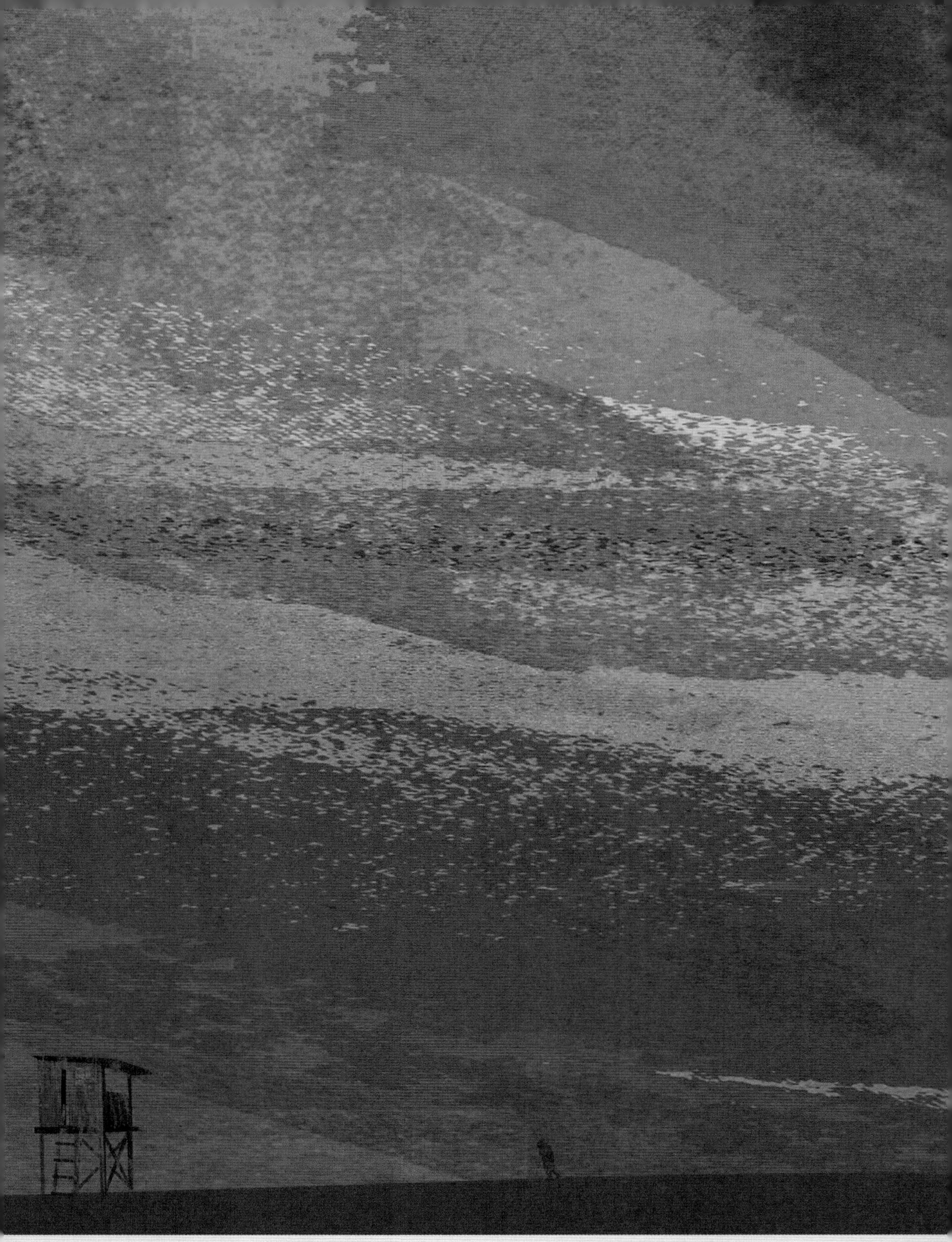

谚语“朝霞不出门，晚霞行千里”是有道理的。因为雨云大多来自太阳落下的地方，也就是西方。

只有天空万里无云的时候，晚霞才最灿烂。

晚霞渐渐褪去之后，黄昏的微光初上，我们的视线变得模糊，很多东西都看不清了。

这时，月上柳梢头，太白星——金星照亮了夜空。

6. 让我们想入非非的银河

如果天地之间没有云朵飘浮，那我们将看到繁星闪烁的夜空。如果空气干净又干燥，而且没有其他的光干扰，如满月的光芒或者大城市上空盖过星光的人造光，那么，我们就能清晰地看到星星、星座和银河明亮的光带。

我们看到的月光比太阳光微弱很多，这是因为月亮本身不发光，它只反射太阳照在它身上的光芒。不过，圆月的月光足够照亮我们脚下的道路。月光下，万物都和平时不一样了，仿佛都被施了魔法……

相比肉眼不能直视的太阳，我更喜欢月亮，它会让我想起很多发生在月亮上的美好的神话故事，我也更喜欢星星，因为我喜欢银河，一条流淌着灿烂星星的河流，会让我相信里面有一个童话世界。

如果空气很潮湿，我们就会发现，在月亮的四周有晕圈，因为月亮的光芒被小水珠或者小冰晶折射或反射了，我们甚至会在月晕的光环里看到彩虹的颜色。可惜的是，月晕意味着空气湿度大，接下来会下雨。雨夜里，我们可以听到雨打芭蕉和窗户房檐的淅淅沥沥的声音。这些声音像音乐一样美妙，但是，我们就看不到月亮和星星了，也看不到能让我们想入非非的银河了。

7. 来无影去无踪的风

三月，虽然春寒料峭，可是太阳已经升得和十月一样高了。大地慢慢回暖。不过，空气还是很潮湿，因为在冬天，只有很少一部分雨水被蒸发。一层薄雾笼罩着大地，到处生机勃勃：树木抽新芽了，草开始绿了，性子急的一些花儿早等得不耐烦了，争先恐后地从土里钻出来；灌木丛里传来小鸟、老鼠和其他小动物的窸窣声，动物们也欢欣雀跃了。

四月的天，娃娃脸，说变就变。阳光和雨水，春寒和春暖相互交替。冷空气携带着雨水，甚至雪花迅速掠过陆地和海洋，热空气也在不断扩散。风说来就来了，根本用不着和我们打招呼。

你知道风是怎么形成的吗？相比色彩丰富的光，风更像是来无影去无踪的侠客或隐身人，我们看不见风，只能凭着被它吹动的树上的叶子、水上的波纹，或被它吹得咣咣直响的门窗，知道它确实来过。

现在，我知道了，高低气压变化的结果形成了风，风试图平衡高低气压。四月的风，是强劲而且没有规律的，常常会没来由地狂风大作，像是它要主宰这个世界一样。它刮起秋天遗落的树叶，让这些可怜的树叶漫天飞舞。

盛夏，太阳高悬空中，热浪滚滚，草和庄稼都染上了金黄色，地表上所有的湿气都快被蒸发了。空气里储存了很少的水分，天空也不再像春天那么清澈透明，常常雾蒙蒙的。

田间和草地上的炎热让人无法承受的时候，有些人就去森林里，因为那里凉爽。森林有自己的小气候，树叶或树枝，可以阻挡密集的阳光，从而避免地面被晒干。森林地面储存湿气的能力很好，即使是在盛夏，树木蒸发的水分也使得森林里的空气温度适宜。因为在水分蒸发，也就是水变成水蒸气的过程中，空气温度可以不断下降。更何况，森林中还有小溪淙淙和泉水叮咚，它们让森林里水分充足，湿润而清新。

天气很闷热。天空也不那么湛蓝，而是被染成亮灰色，不一会儿就更暗了。一丝风也没有。大自然似乎在屏住呼吸，等待张力慢慢释放，这是暴风雨来临前的寂静。

在短暂的夏季暴雨期间，山上也只落了几滴雨，可是山谷中密云缭绕，云朵上方雾气腾腾，山脚下可能还要再下一会儿雨呢……

山顶上的天气，往往和山谷里的不一样。山顶上通常比山脚下凉爽。还因为低垂的云彩爬不到山顶上，山顶上的风可以很轻松地吹散上面的云，而在没有风的山谷里，云却久久不能散去。看吧，风很厉害的，我就说嘛，风是来无影去无踪的侠客！

第二章

雨润万物

1. 如果天上不下雨

有这样一个问题，不知道你们想过没有？如果天上只有太阳，但不下雨，我们生活的这个世界会是什么样子？

不要说土地会干涸，花草不会生长；也不要说湖泊会枯竭，鱼儿不会存活；就是我们人类自己，没有水喝，也活不了呀。可以说，没有水，没有雨水，就没有生物，没有生命。农民伯伯很早就知道“雨润万物”这个谚语了。

雨，这么重要，你知道它是怎么形成的吗？它们怎么就能从天上跑下来，变成雨的呢？

我告诉你，这就要看水的变化了。水像我们爱玩的变形金刚，能够变化出好几种样子。地球表面，尤其是海洋表面，被太阳光加热，水变成水蒸气，你看，水就从液体变成了气体。水蒸气比水要轻多了，它们能够飘飘悠悠地飘到大气层中。它们比水也要自由得多，不再像水只能老老实实待在湖泊里、池塘里，而是可以乘着气团这个大气球，跑到地面上空的四面八方，像旅行者一样云游各地。

不过，如果云潮湿了或者温度下降了，那么水蒸气就会凝聚。水蒸气抱团在一起，它们就会像变形金刚一样，从气体变成液体，很快就又变回水的模样了。好不好玩？

在此期间，一粒又一粒的小水珠已经漂浮在天空中了，只不过，这些小水珠太微小了，我们一时看不见，但它们聚在一起形成云，我们就看见了。这些云的颜色是灰色，甚至是黑色的，很多这样的云聚集在一起，大水珠就会形成。根据不同的湿度和温度，会形成大小不一的水珠。当这些水珠再也没办法在云里藏着，就会噼噼啪啪地落在地面上。

这就是雨。雨其实就是水，从地上跑到天上，兜了一圈风，乘着云，像童话中骑着扫帚的小魔女，又跑回到地上，和我们一起飞溅起水花玩耍了。

2. 雨像孩子，不同的雨脾气不一样

你一定和我一样，肯定都注意到了，虽然都是天上下的雨，雨和雨却是不一样的。这是个很简单的问题。不同的雨就像不同的孩子，虽然都是孩子，但他们的名字不一样，脾气、性格更不一样。

阵雨或者暴雨，来得快，去得也快，通常只持续几分钟，而且，这种急雨只集中降落在一小片地方，一刻钟就有可能蓄积深二点五毫米的雨水，这相当于一平方米二点五升雨水！

别看都是急性子，阵雨和暴雨的脾气却完全不同。

在夏天，阵雨很频繁。空气里有很多湿气，气温又突然降低，比如，含有许多水蒸气的暖气流迅速往温度较低的大气层中上升的时候，就会形成阵雨。阵雨就是一个脾气有些急躁的孩子，吼几嗓子，哭一阵子，脾气发过了，立刻阳光灿烂。

暴雨的脾气不是急躁的，而是暴躁的。浓密的乌云滚滚而来，就是它要发脾气的先兆，它发起脾气来应了咱们学过的那句成语——暴跳如雷。暴雨常常会夹带着雷鸣电闪，因此，即使白天下暴雨，我们的视线也会模糊，黄昏降临之后光线就更加暗淡了。这都是它的暴脾气惹的事，弄得天昏地暗的。

细雨和毛毛雨是由很小的小水珠组成的，它们虽然细小，但有可能会持续一整天。它们的性子很慢，也在磨人的性子，望着它们绵绵不断、不紧不慢地下着，人干着急也没有用，它们就是这样。

细雨和毛毛雨是从距离地面很近的云层中，或者是从浓雾中形成。因此，气温要低，不然雾气就被蒸发了。

毛毛雨在秋冬季节和山区比较常见。很多人都不喜欢毛毛雨，因为它会穿透衣服，让人全身发冷。而且，毛毛雨也不像夏天的雨水对庄稼那样有用。开车的人特别不喜欢毛毛雨，因为视线受到了限制。细雨蒙蒙的晚上，路上的标记也辨识不清。

不过，我挺喜欢毛毛雨，它的身体比细雨还要小一号甚至好几号。细雨，虽然沾衣欲湿，扑面不寒，但难有毛毛雨扑打在身上和脸上细微而清冽的感觉。那种细微，如同温柔的抚摸；那种清冽，如同晨风的吹拂。不知道你有没有这样的感觉，细雨像一个胆子很小，总想缠在你身边的小孩，毛毛雨像一个你几乎看不见，却又不时提醒你要在意的童话里的隐身人。

3. 雨来了一个恶作剧，变成了冰雹

水像变形金刚一样，可以从液体变成气体，水还能变成固体呢。它能变这么多的花样，要不怎么说它像变形金刚呢？

天上不仅下雨，还下冰雹呢。空气剧烈运动，并伴有阵雨，水珠有可能会突然降温到零度，这时，水就从液体变成固体，小小的水珠，就会结出小小的冰粒，这些冰粒结合成冰雹。水就这样和我们玩起了魔术，就像魔术师把鸡变成鸭一样，在炎热的夏天，也能从雨变成冰雹。

冰雹由好几层冰组成。由雪和结冰的雨水形成的冰粒，多次被风吹到空中，每次，冰粒的外面都会黏附更多的冰粒，一次又一次，就像我们玩的滚雪球一样，冰粒滚成了冰雹。冰雹有时像鸡蛋一样大，砸坏房屋、车辆、树木，甚至砸坏成片成片田地里正待收割的庄稼，不过，如果冰雹只是下在一块地里，隔壁田地里的庄稼就不会受到影响，因为冰雹和阵雨一样都是区域性的。冰雹不过是雨变化了一次花样，乔装打扮，披一身冰的盔甲，和我们开了一个玩笑。

4. 烟、雾、云、雨是一家子

天空真的就像一个万花筒，除了有云，有雨，还有烟和雾。这是我们能经常看见的。

蒙蒙的晚雾中，我们只能看到在空中矗立的房屋的轮廓。

秋天，空气潮湿又凉爽的时候，常常会有浓浓的晨雾。有时候，一连好几天，雾根本就弥散不开。

在山谷里和水面上，雾气很难散去。

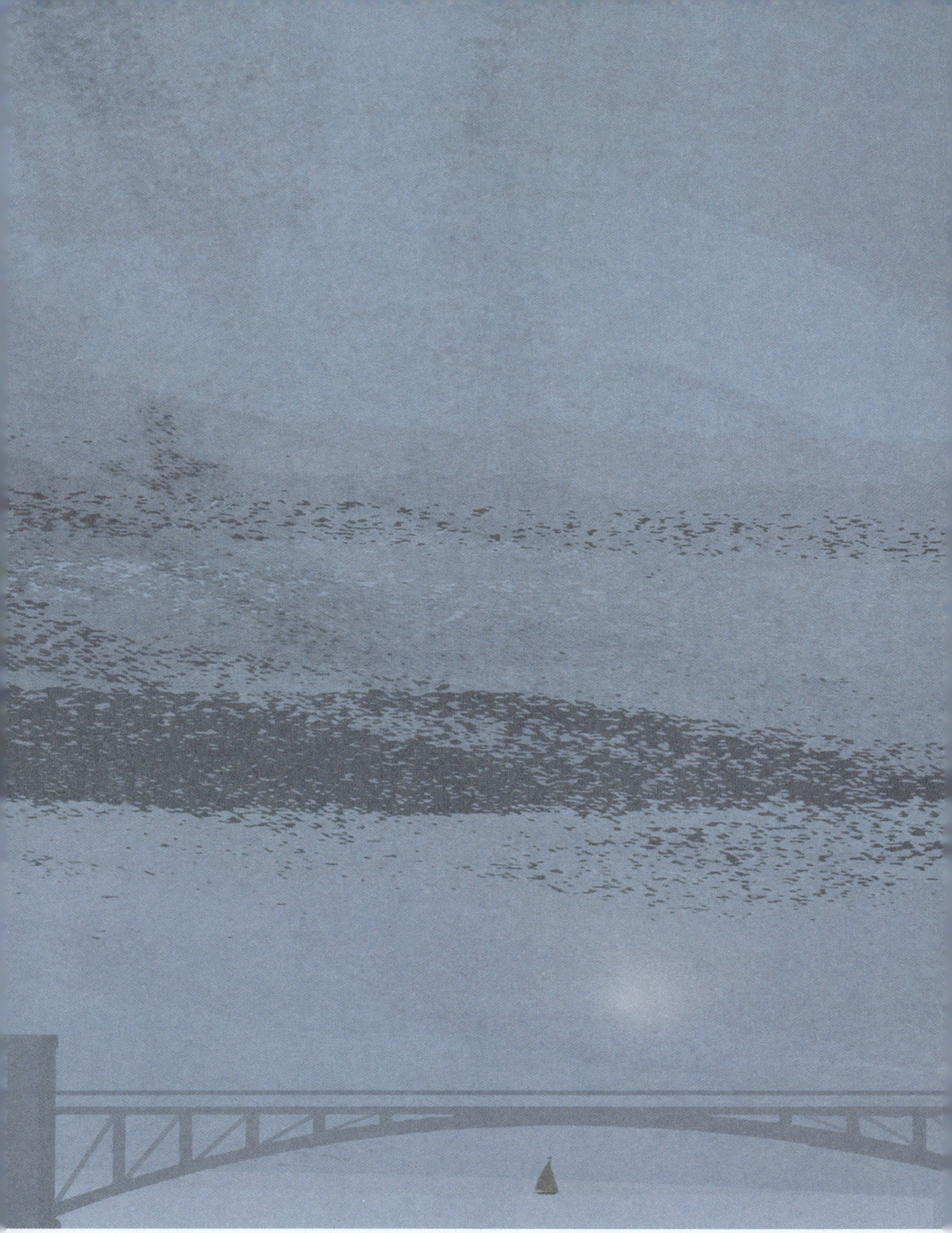

我们可以隐约感受到躲在浓雾后面的太阳。它也许像我们想念它一样，想出来和我们玩，正在想办法冲破重重浓雾的包围呢。

你想过一个问题吗？烟、雾、云、雨是什么关系呢？难道烟和雾像雨和冰雹一样，都是云的亲戚吗？

没错，它们确实和云是亲戚呢。雾和云是亲戚，雾是云的一种形式。烟和雾是亲戚，看起来很像，不过，烟比雾还要纤细，可以从空中一直弥漫到地表。

我们一出门，就被雾包围了。夜晚和清晨还比较凉，空气中的水蒸气凝聚成晨雾，晨雾常在空气清新的天气下出现。不久，太阳就会出来了。农谚说“十雾九晴”。

太阳用它温暖的光芒稀释了晨雾：雾里的小水珠变成水蒸气，再恢复到云的状态，悠闲自得地飘曳在空中，等待时机变成雨，再回到地面上和我们一起尽情玩耍。

烟、雾、云、雨真的是一家子呢，只不过，它们在天空这个大舞台上，不停地变换着角色，为我们上演一出出雾蒙蒙、雨蒙蒙的戏剧。

5. 天气会影响你的心情吗

你相信吗，天气有时会影响人的心情。

我看有一项调查显示，在降雨频繁的地方，人的心情确实没有其他地方的人心情好。我想，这肯定是大人们的想法。我们小孩会觉得下雨多才好玩呢！

难道不是吗？下雨天也有让人印象深刻的记忆。有时候，天空还飘着丝丝细雨，月亮已经在云间升起，倒映在波光粼粼的水面，这时候，漫步在雨中的人，肯定庆幸没有因为潮湿而待在家里。这时候，天上一个月亮，水中一个月亮，景色多么迷人呀。

雨渐渐停了，一轮圆月悬于天际，像刚刚洗过的圆圆的脸庞，那样干净、清爽、皎洁，照亮大地和山川。稀稀朗朗的星星，跳着轻盈的芭蕾，跟在月亮后面升起，你是不是感受到了大自然的伟大？

阵雨过后，晚上的城市里，空气格外清新。

被雨过滤后的空气，难得有了乡间的清爽气息。

不过，云朵很快又聚拢了，黑云密布，天色灰暗，连地平线也是灰暗的。最黑暗的云就在我们头顶上方。还有可能会下雨。温度下降了，空气不再让人感到舒适。所有的窗户都关得严严实实的。

圣诞节来临之际，气温在冰点徘徊，雪和雨水混合成雨夹雪。有时，道路会一片泥泞，也很滑。

夜晚，路面的涂层反射灯光，我们很难看清路面，骑自行车和开车都不方便。

如果是在秋天，雨水与强风甚至风暴一起来袭。狂风逞威风，不仅吹落树叶，甚至吹断树干。不过，我们也不要过分担心，大自然是有力量的，早已做好准备。树木，尤其是它们脆弱的部分，如树杈和树枝，都十分有弹性，它们随风摆动，尽微薄之力抵抗强风雨的摧残。风雨的脾气再大，也没有办法呀，树木的叶子可以被吹落，来年开春，雨水会像做错了事要悔过、补偿一样，又会重新洒在树上，让树重新长出绿叶。

而且，秋天草木枯黄，落叶满地，却也有顽强的还挂在树上的树叶，它们五颜六色，像油画一样，色彩那样浓重、鲜艳。尽管还在下着雨，那些绚烂多彩的树叶，映照得天色依旧很亮。

秋天的风也很大，雨珠降落的方向都变了，雨水倾斜地落在地面上。有时，风暴甚至直直地拍打雨水。如果迎风行走，脸会被雨打得生疼。

这是雨在耍小孩脾气。我说过的，雨是一个脾气变化无常的小孩。没准一会儿，或者明天，一阵微风吹来，云朵四散，雨就停了，空气又变得格外清新。反正，我觉得实在没有必要让心情被它的脾气牵着走，你说是吧？

这是森林里的一片空地，空地上的树木多年前可能被大风刮倒了。风雨交加的夜晚，天气十分糟糕。但有人特别喜欢这样的天气，因为在如此湿漉漉的草地和森林里，大风呼呼地刮着树梢，大自然是属于他一个人的。

秋冬的草地，没有春天和夏天的那么绿油油。如果草坪没有修剪，黄色的草茎甚至会盖住整片绿色的大地。冬天，草也在生长，不过，它的生长速度比在暖和的季节慢很多。和夏天不同的是，现在的草地非常干燥。

一阵风吹来，云彩被风推着往前走。

鸟儿趁机乘着风飞翔。

如果是在夏天，天气热，一小部分富含水蒸气的空气上升，冷却，形成浓厚的积雨云，雨从天而降，这通常就是急速的暴雨。由于全球气候变暖，这样的暴雨会越来越多，夏季水灾也将会越来越频繁。

冬天，如果你能够到海滩漫步，这也是一个别样的经历。

没有夏天的喧闹，雨夹着雪落下来，柔若琴弦，在翻涌到你脚下的海浪的伴奏下，合奏出一篇冬天雪雨与大海的美妙乐章。

第三章

冰和雪

1. 每一片雪花都是不一样的

和雨比起来，雪显得更漂亮。所以，人们把雪叫作雪花，雪像花一样漂亮，一般没有把雨叫作雨花的。

雪花是由冰晶组成的。水蒸气上升到高空遇到冷空气时，会在一些微小的灰尘颗粒上凝结成小水滴，或直接凝华为小冰晶，形成云。小冰晶会吸纳周边的水蒸气继续变大，并且会相互碰撞粘连，进一步变大，冰晶足够大时，在重力影响下，就会以雪花的形式降落到地面。冰晶在下降的过程中会不断变大，因为冰晶周围的水蒸气会变成水，水遇冷凝结成冰，并与冰晶黏附在一起。这样的过程很像夏天冰雹形成的过程。不过，冰雹粗粗愣愣的，哪里有雪花那样漂亮，那样轻盈？

冰晶具有完美的对称结构，在显微镜下呈现出各种各样的形态，每一个冰晶的结构都是独一无二的，就像每一朵花、每一片树叶，这真是鬼斧神工，是能工巧匠都难以完成的奇迹。

冰晶在接近地面时表面会受热融化，融化的小水珠互相黏合又重新冻结起来。这样就形成了棉花球一样的雪花。

地面的温度降到零度以下后，雪花落到地上不会立刻融化。

大地被一层新雪覆盖，到处白雪皑皑。我们就可以堆雪人、打雪仗了！

你相信吗，有时候用鼻子就能够嗅到天快要下雪的气息。

空气变得潮湿，云朵迅速聚集，寒风凛冽地扑面而来。用不了多久，你仰起头来，第一片雪花会如约而至，打湿你的面颊。

2. 你能闻得到雪融化的气息

雪花反射几乎所有照射到它表面的光线。

因此，雪花是白色的，新雪覆盖大地时，天色会显得格外亮，世界一片银白。

大部分雪花在气温刚达到零度时降落，因为空气越冷，空气中的水蒸气含量就越少（南极和北极降雪极少）。雪花融化的过程恰好和降雪过程相反，融雪时，如果你在雪地里行走，双脚总是容易浸湿。这时候，你能够闻得到雪融化的气息——清新，夹带点儿泥土的气味。

3. 柔弱的霜妹妹和坚强的雪姐姐

晚秋，初雪尚未降临，总会先有几个霜降之夜。

夜晚，地面上的空气温度降低，富含水蒸气的空气这时就变成了极小的水珠——露珠。如果空气足够潮湿，夜晚的温度足够低的话，清晨的大地会被一层晶莹的白色的晶体霜覆盖，看上去就像下雪了一样。但是，它只是像雪，并不真的是雪。它是霜。霜的晶体结构和雪花的晶体结构很像。

我对霜和雪的区别一直都非常感兴趣。在我的想象中，它们是一对身穿同样白色衣服的姐妹。但它们衣服里面跳动的心却不一样，霜的心很容易融化，常常是太阳还没出来，就已经融化干净，找不到霜的一点儿影子。

雪的心要坚硬许多，即使在太阳底下，如果温度依然很低，它照样不会融化。

雪依旧铺天盖地，皑皑一片，一点儿也不示弱地和太阳较劲。

这样看来，雪这位大姐姐是多么坚强，霜这个小妹妹要柔弱多了。

4. 雪花就像成千上万颗钻石在闪闪发光

雪天的大地，看上去总是白茫茫一片，无边无际的，因为雪花掩盖了所有凹凸不平的地面。如果这时东风吹起松软的雪花，淹没地面所有的足迹，在雪地里行走的人会很容易迷路。

如果天空开始放晴，一束光线从蓝天直射到大地上，雪花闪闪发光。这时，白天的光线要比不下雪的时候强烈很多，因为雪花反射几乎所有的光线。雪地不像会吸收大部分光线的黑暗的土地或者绿绿的草地。

这真是一个滑冰的好天气啊。因为湖面已经冻实了。刚开始冷的时候，湖面只漂浮着一层薄薄的冰层。冰比水轻，在重量相同的情况下，冰的体积更大。寒冷的日子每增加一天，冰层就结厚一点儿，并且慢慢延伸。几天之后，双脚就可以踩在结结实实的冰面上了。

阳光照耀，天空湛蓝。雪花就像成千上万颗钻石在闪闪发光。这不仅是滑冰，更是滑雪的好时候。不过，由于雪花反射阳光，光线很亮，甚至有点儿刺眼。在这时滑雪，你需要戴上滑雪镜。雪光也是很厉害的哦！

不知道你注意到没有，我仔细观察过，冰和我们吃的奶油冰棒不一样，并不是所有的冰都是白色的，只有带气泡的冰才是白色的。没有被雪覆盖的冰是透明的或者蓝色的，如果蓝天愿意倒映在冰面上，冰的蓝色，比大海的蓝色还要明亮，清澈透明得像水晶，特别好看。

5. 雪花有一颗温暖的心

草地被白雪覆盖的时候，森林里的土地看上去还是黑色的，因为树木的树冠像一把把大伞，挡住了雪花，尤其是在常青的针叶林里。冬天的森林是昏暗的，不过来自天空和森林边缘的光线还是能穿透进来，一闪一闪的，蓝天都跟着晃动起来了。如果树叶上还挂着雪花，雪花也会跟着光线一闪一闪，像无数眨动着的星星般的小眼睛，分外迷人。

不知道你注意到没有，下雪过后大地十分宁静祥和。你知道这是为什么吗？我告诉你吧，雪花晶体之间的空气，占据了新雪雪层的大部分空间，它们就像一层厚厚的海棉吞没了各种声响。

有一句俗话叫“瑞雪暖大地”。你听说过吗？这话说的就是雪花像棉花一样暖和。一场雪过后，大地仿佛盖上了一层厚厚的棉被。其实，雪本身是冷的，不会像棉被一样暖和，不过，雪可以防止下面的土地被迅速冻僵，因为蓬松的雪隔离效果很好。冬小麦就是在雪的覆盖下舒舒服服地过冬，来年春天萌芽发绿。

我们说雪花有一颗温暖的心，照料着冬眠的小动物和过冬的冬小麦，这个说法一点儿都没错。

6. 冬天有一个秘密

我发现冬天有一个秘密。

冬天的太阳，从来不会高高悬在地平线上。

在冬天，光线很难穿透山谷和低地阴冷的烟雾。冷空气重于暖空气，这种逆温的天气可以持续很多天，直到一阵清风把空气吹散开来。

二月里，白天渐渐变长，有时气温比一月的还低，不过，二月的光线比一月的更明亮。再过不久，强烈的阳光就足以把笼罩着山谷的浓雾面纱揭开，尽管只有中午那短暂的几个小时。

山区森林里的雾气也久久不散。滑雪者要特别小心，因为天空和白雪融为一体了。有的滑雪者会戴上黄色的滑雪镜，以便能更好地分辨出地势的高低。

白昼很短，灿烂的冬阳很快就消失不见了。也许一会儿乌云密布，天气会由晴转阴。会不会又要下雪呢？积雪已经很厚了，在雪地里行走非常不方便了。天地合为一体，行人和动物在雪地里留下的足迹，是除树木之外唯一的色彩区分。

冬天的森林一片寂静，也许这是风雪来临前的静谧。这很有可能将是一场很大的风雪，但也有可能是冬天最后一场雪了。春天的脚步声已经很近、很响亮了。太阳高高升起，将温暖的阳光洒满大地。

第四章

恶劣天气

1. 闪电、雷鸣和风暴都是武林大侠

大人们总爱用“恶劣”来形容坏天气，我不喜欢这样的说法，我会说是糟糕的天气。天气和人一样，有心情好的时候，也总会遇到心情糟糕的时候，为什么就不许天气也有心情糟糕的时候呢？

大人们把雷雨和风暴称作恶劣天气。其实，雷雨和风暴，不过是热气流和冷气流交汇而形成的。气温和大气压不均衡的时候，冷热气流就会相互融合，试图达到一个平衡点，而且，这种交汇融合总是以最快的速度完成。

大人们说闪电也是恶劣天气的一种，而我们小孩却喜欢闪电，觉得那是老天爷耍的一把闪闪发光的宝剑，一道闪电消失了，我总是急不可耐地等待着下一道闪电到来。

你是知道的，闪电是一种强烈的放电现象。这个知识，老师早就告诉过我们。闪电是有热量的，闪电发生的时候，周围潮湿的空气被瞬间加热并扩散，天空就像被撕裂了一道口子。不同大气层的电荷张力通过巨大的闪电释放出来。

看到闪电，我就会捂住耳朵，等待着闪电的兄弟出场。用不了多久，我就会听到一声巨响：雷鸣，闪电的这个兄弟就气势汹汹地来了。

闪电和雷鸣，就像武林中学过武艺的大侠，粗喉咙、大嗓门，拔着高音，在天空中施展身手。

紧跟着出场的常常是大风，它好像特别不服气闪电和雷鸣，也要出来和它们兄弟俩一较高下。狂风大作，是大人们爱用的一个词，大人们还给它起了一个名字，叫作风暴。

风暴常常伴随着滂沱大雨，天空就要打开它的水闸了！闪电、雷鸣、风暴，再加上大雨，这四位联手，可真的不是什么好事。在它们互不服气的争打厮斗中，树木、房顶可能被摧毁，这甚至会引起森林火灾，引发洪灾。

这时候，人和动物只能蜷缩在屋里和洞穴里，躲避恶劣的天气。我们都知道，千万不能躲在树下，因为闪电容易击中高出地面的物体。所以，建筑物的避雷针总是安装在屋顶。

大人们又会骂了，这样的天气还不够恶劣吗？不过，骂归骂，你发现没有，在这样的天气里，人们对大自然充满敬畏。

就像敬畏一种危险而陌生的力量。恶劣天气好像是世界末日的彩排。

2. 台风是狂风的升级版

不过，风暴过后，大自然好像获得了新生。乌云褪去，阳光再次普照大地。

空气好久没那么清新了。所以，人们也说风暴可以净化空气。冷空气吹走了之前的闷热。此外，风暴带来的降雨不断被蒸发，有利于大气层降温。

风暴之后的晚上，天空清晰明朗。星星不像往日那么模糊，而是亮晶晶的，像是在水里洗过一样。植物也从风暴的侵袭中恢复过来，重新伸展腰身，身上还沾着晶莹的雨珠，像戴着一串串水晶项链。

不过，这样童话般的情景，是暂时的。风暴常常预示着天气的急剧变化。中欧的夏天干燥又炎热，风暴之后，可能会连续下好几天的雨。很快，土地不能吸收那么多雨水了，小溪和小河都涨满了。湍急的河流席卷流经地方所有的东西——树木、桥梁、汽车和房屋。小河成了急流，淹没了大片的低地。

这样的天气在欧洲越发常见了。很有可能是因为从大西洋飘来的水蒸气比以前更多了，它们聚集在欧洲中部山区，形成降雨。这或许和气候变暖有关。

在海上，风暴还没来，浪就开始涨高了，因为在不远处，“鬼天气”已经在兴风作浪了。

此时，渔船要归航，帆船运动员要收起帆了。

天上的云彩你追我赶，风围绕着船呼啸，浪花溅得很高。

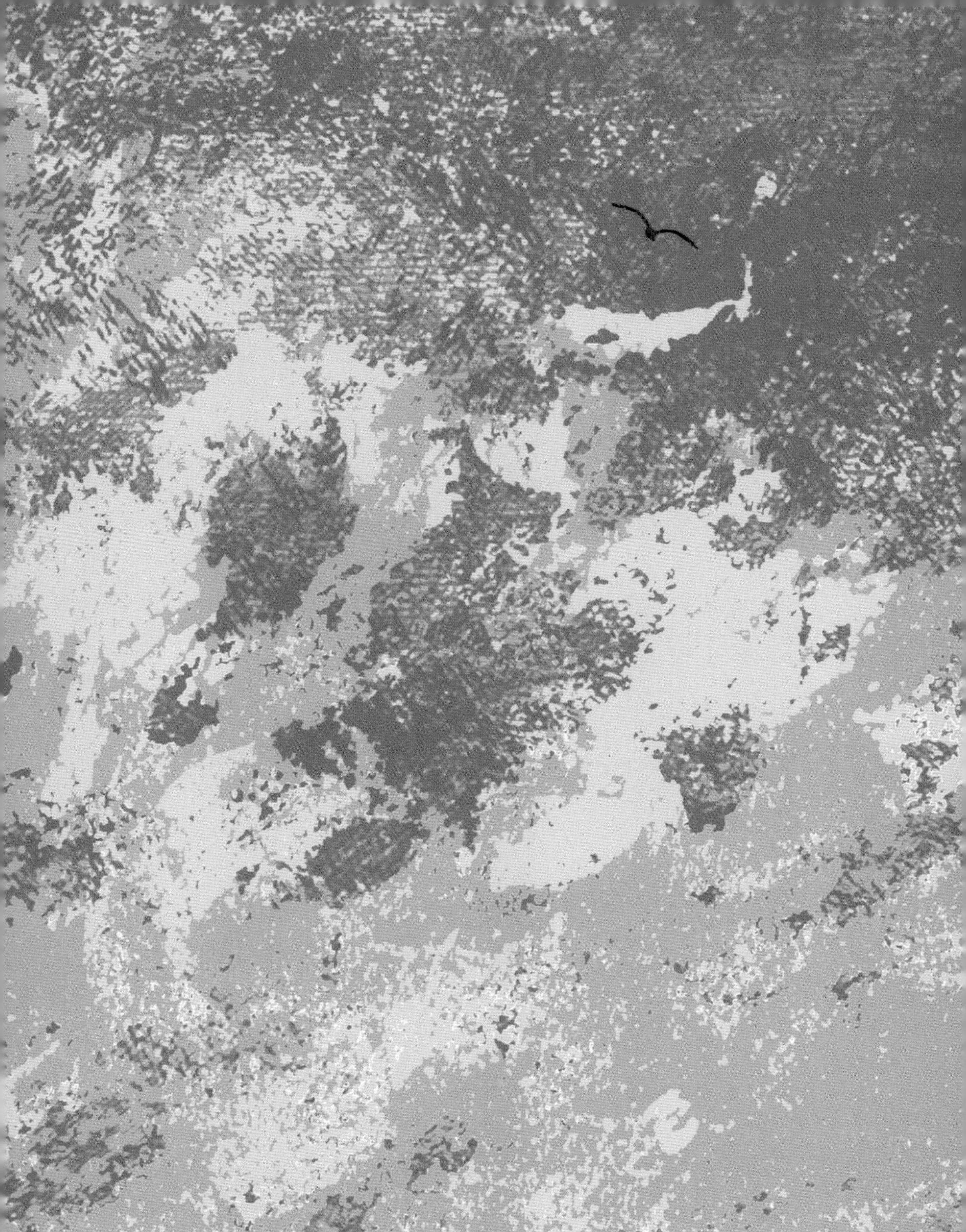

一场风暴正在酝酿……

目光所及之处，昏天暗地。海水上涨，微风变成狂风，狂风再强劲一些，就成台风了。台风比狂风还要厉害，还要狰狞，因为它具有极强的破坏力，船只可能会遭遇海难，树木会被连根拔起，房屋也会被掀翻。

按照蒲福风级，海面上的狂风风级可以高达十级，台风风级可以达到十二级。

热带和亚热带的风暴在美国东海岸被称为飓风，在亚太地区则被称为台风。台风是狂风的升级版，是所有风里面脾气最狂躁、最乖张的一种。

海上风暴过后，云彩四散，浪渐渐变小。一切又宁静祥和了，就像什么都没发生一样。高度紧张的渔民渐渐平静下来，他们先不去管风暴造成的损失，而是打量着风平浪静的海面。不久他们就忘了，刚刚还命悬一线呢。

我常想，渔民不这样又能够怎么样呢？天气恶劣也好，不恶劣也好，人类都要和大自然成为好朋友才是。你说是吧？

3. 暴风雪和冻雨都是冬天的怪物

在海上和陆地上，寒流和暴风雪会突然来袭。在海上，船四周的海水有可能完全结冰，船在浮冰里冻实。在陆地上，暴风雪阻断了交通。

冬天，还会出现另一种现象。天气持续干燥一段时间之后，可能会有冷性反气旋现象，这会让地面完全冷却。这时，如果暖风带来一场降雨，那么街道和屋顶会迅速结冰。这种雨叫冻雨，十分危险。街上行驶的汽车会打滑，行人会滑倒——有一次，有很多老人就因为冻雨摔骨折了，不得不被送到医院救治。只有小孩喜欢这样的天气：可以尽兴滑冰了。

不过，冻雨持续时间较短，地面一旦暖和过来，冰就融化了。

暴风雪和冻雨像是神话中两个不同性格的怪物，一种以雪的形式出现，一种以雨的形式出现，但是，不管以什么样的形式出现，它们都暗藏祸心。

我喜欢雪，但我不喜欢暴风雪。

我喜欢雨，但我不喜欢冻雨。

4. 龙卷风能把你卷到魔法王国

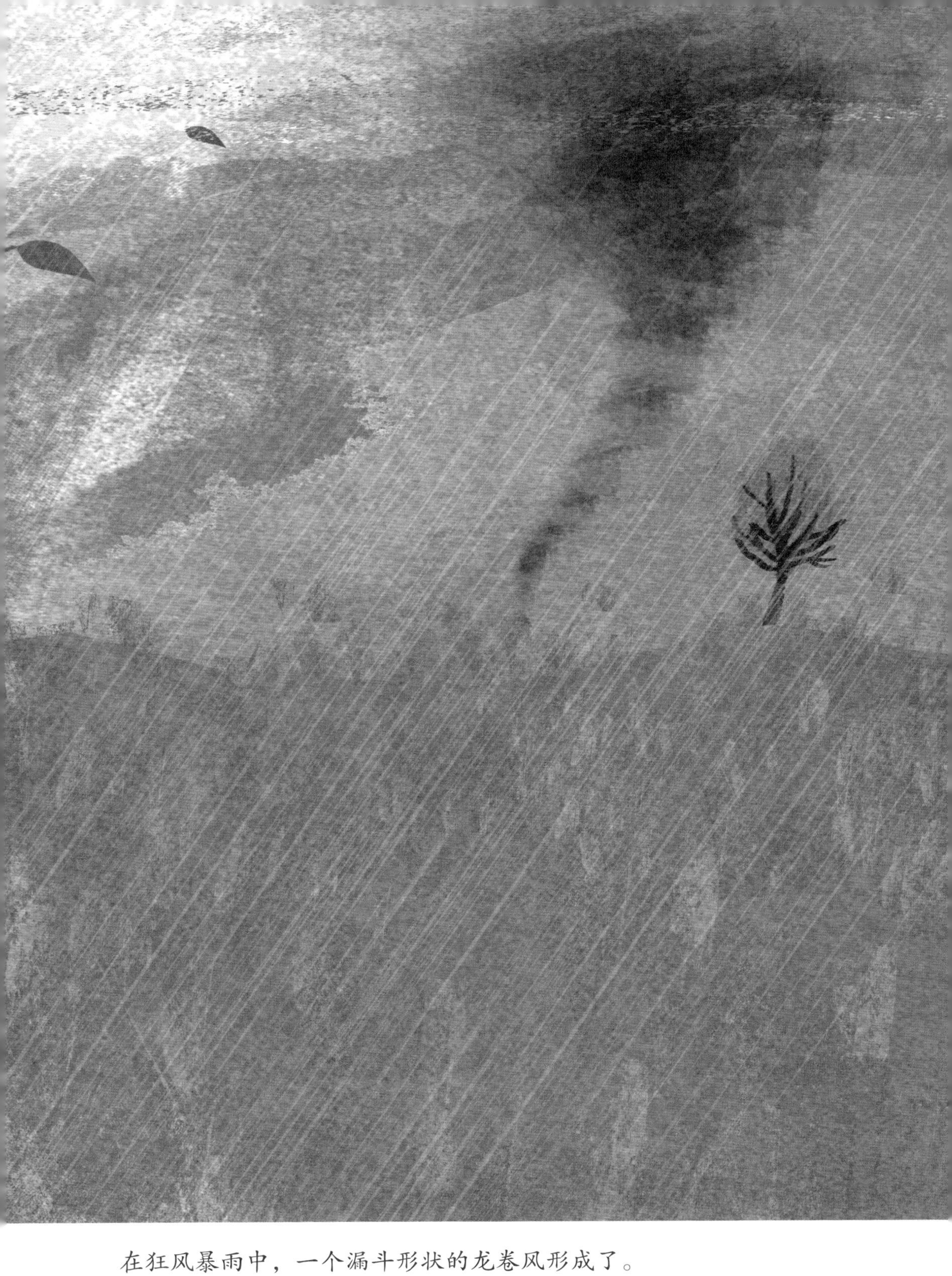

在狂风暴雨中，一个漏斗形状的龙卷风形成了。

龙卷风就像一个巨大无比的吸尘器，用它的“鼻子”吸走地面上所有不牢固的东西，然后把它们带到高空，再无情地把这些东西摔下来。

如果龙卷风围绕建筑物的墙角刮，我们可以看到它是旋转着的，树叶、纸张或者塑料袋旋转着被带到空中，直到风速减弱。

雷暴的时候，龙卷风更加猖獗：地面的热气流涌到乌云的边缘，在侧风的影响下旋转。不知何时，风自己旋转了，因为围绕着旋转核心的空气越来越多，越来越密。风可不像在冰面上踮起脚尖旋转的舞者那样悠闲自得，如果风把张开的手臂和腿紧紧贴着身体，它会旋转得更快，可怕的时候就要到了。你知道吗，龙卷风有属于自己的中心，科学家管这个中心叫风轴。风围绕着风轴转得越快，龙卷风的漏斗形状也就越明显，漏斗形状越明显，龙卷风的威力就越大，自然，它的危害也就越大。

龙卷风之所以危险，是因为它的风速超快。

在中国几乎没有什么龙卷风，不会因此造成很大的损失。可是，在美国的中西部，龙卷风的破坏力很强，它甚至可以把建得不太牢固的房子连同围墙一起卷走。在童话故事《绿野仙踪》里，龙卷风就把小女孩多萝西连同房子一起卷到了魔法王国奥兹国。

你见过龙卷风吗？我可是一辈子都不想见到它。我可不想像《绿野仙踪》里的那个小女孩一样，被卷到什么魔法王国里去。

5. 火灾是森林的敌人

在干旱的秋冬季，森林火灾发生的可能性更大，特别是只有针叶树的森林，因为针叶树比阔叶树干燥得更快。

也许只是一个随便扔掉的烟头，或是偶然间点燃了一根柴火。如果恰好有一阵风，顺着火苗的方向吹来，火苗就会点燃前面的草木。如果没有人灭火，火苗很快就会蹿到树冠上。森林火灾就这样发生了。那些冲天的大火，蔓延开来，滚龙一般肆虐，形成了难以扑灭的火柱。

在地中海气候的国家，每年都有大片的森林因大火而消失。大部分森林火灾，是人为造成的——意外失火或故意纵火。比如，有的人想把森林变成耕地，有的人在森林里烧烤……这些都有可能让森林遭受灭顶之灾。不过，也有自然引起的森林火灾，它属于森林生态循环系统的一环。

火灾，是森林的敌人。它来自森林自身，更来自森林外部的人。

6. 沙尘暴和台风这一对表兄弟

我一直捉摸不透风。你看它高兴的时候，轻柔温煦，吹面不寒杨柳风；它不高兴的时候，又粗暴乖戾，北风卷地白草折。它说变脸就变脸，变得像你根本就不认识它一样。

你喜欢风吗？我呢，还真的有点儿拿不准。我觉得风的脾气实在太怪。

你去过大沙漠吗？我听去过那里的大人们回来说，沙漠里的风，有时候更怪呢。沙漠里的风，要是刮起来，刮得猛烈的话，就会形成巨大的沙尘暴。沙尘暴不会伴随着降雨，让天气凉爽、湿润起来，反而会让天气既干燥，又炎热。

风的威力显现出来了，它把大量黄沙卷起，抛向高空，满天飞沙走石，昏天黑地。那样的情景，大概是风创造出的最惊心动魄的场面。想一想，这样的场面，大概只有海上的台风才能够和它一较高下。

沙尘暴和台风，是风的一对表兄弟，专门在沙漠和大海这样广阔无边的舞台上，演出它们这样诡诞而恐怖的拿手好戏。

有时，意大利和法国的地中海沿岸会被一层厚厚的红沙或黄沙覆盖，情况严重时，沙子甚至会遮天蔽日。这是因为风把撒哈拉沙漠里好几百万吨重的沙子经由地中海吹到了那里。这绝对是大自然的奇观。你说风厉害不厉害吧？它得有多大的力气，才能从那么老远的地方搬来那么多的沙子呀！这简直是只有在神话里才会出现的奇迹，算是风和沙联袂上演的好戏吧。

在北欧，人们可以通过观察沙丘来判断风运走了多少沙子。

每年，沙丘都会移动几米，正因如此，德国的东弗里西亚群岛一直在迁移。

风，不仅构造天气，也构造地球的表面。

风，不仅重构地理，也创造历史。

风，不仅让我们想象神话，也让我们认识自然。

Original title:
Author/Illustrator: Britta Teckentrup
Title: Alle Wetter

Chinese language edition arranged through HERCULES Business & Culture GmbH, Germany

著作权合同登记号　图字：01-2025-1393

图书在版编目（CIP）数据

好脾气的天气和坏脾气的天气 / (德) 布丽塔・泰肯特鲁普著绘；任玲玲译；肖复兴改编. -- 北京：北京科学技术出版社，2025. -- ISBN 978-7-5714-4541-6

Ⅰ. I516.85

中国国家版本馆CIP数据核字第20259HH166号

特约策划： 红点智慧
策划编辑： 余佳穗
责任编辑： 郑宇芳
营销编辑： 刘叶函
责任印制： 吕　越
出 版 人： 曾庆宇
出版发行： 北京科学技术出版社
社　　址： 北京西直门南大街16号
邮政编码： 100035
电　　话： 0086-10-66135495(总编室)
0086-10-66113227(发行部)
网　　址： www.bkydw.cn
印　　刷： 雅迪云印（天津）科技有限公司
开　　本： 710 mm × 1000 mm　1/16
字　　数： 105 千字
印　　张： 10.5
版　　次： 2025年5月第1版
印　　次： 2025年5月第1次印刷
ISBN 978-7-5714-4541-6

定　　价： 88.00元